中公新書
ラクレ
41

川崎 洋 編

あたまわるいけど
学校がすき

こどもの詩

中央公論新社

まえがき

読売新聞〈こどもの詩〉欄で選んで感想を添えることを始めて、ちょうど二十年となり、それを記念して本書を刊行していただくことになりました。一九九七年九月〜二〇〇一年十二月掲載分から選んだ秀作集です。秀作集としてはこれまでにⅠ一九八六年刊・Ⅱ一九九〇年刊・Ⅲ一九九五年刊（いずれも花神社）、Ⅳ二〇〇〇年刊（文藝春秋）があります。〈こどもの詩〉欄では、まだ字が書けない幼児が口にしたことを母親などが書き留めた原稿も受け付けています。上は中学生まで。

本書の構成は次の通りです。

1・母親をテーマにした詩

投稿詩の中で一番多いのがこの種の作品です。子どもにとって、もっとも結びつきが強いし、特に女の子は何かと自分を重ねて眺める母体でもあります。子どもたちは大好きなお母さんを気遣い、存分に言いたいことをぶつけ、甘え、その怒りんぼぶりをからかい、張り切る様子に目を見張り、このお母さんの子なら、世界のどこの国に生まれついてもいい——という、大人には書けない表現に胸を打たれます。

2・家族をテーマにした詩

両親、祖父母、きょうだいなど家族の間にたゆたう愛の詩です。妹が弟がどんなにかわいいか、兄や姉がどんなに誇らしいか。そしておじいちゃん、おばあちゃんへの心暖かい思い。お父さんとお母さんが愛し合い自分が生まれたことの喜び。家族としての絆を見つめた詩です。

3・雨、風、虫、植物、動物をテーマにした詩

子どもの詩を読んでよく感じることは、虫でも、植物、動物でも、自分と同じ固有のいのちを持っている対等の相手として接することです。そればかりでなく雨、風なども〝生きている〟と感じているのです。わたしたちの祖先が心と身体に息づかせていた感覚です。大人がそれを失った今、こどもの詩を通して祖先と出会うことができるとも言えるでしょう。

4・幼稚園、小学校、中学校をテーマにした詩

考えてみると、園児や生徒たちは、家族より多い一緒の時間をクラスメートたちと過ごしています。仲良しもけんか相手もいます。クラスは家族で、先生は親のよう。生き生きと過ごす毎日が子どもの言葉によって刻まれています。大人には懐かしく、ニヤッとしたりジン

となったりします。

5・ほほえみを誘う詩

コメディアンは人を笑わせようと思って、おかしいことを口に出します。子どもは思ったこと感じたことをそのまま口にし、書き記します。その結果たくまざるユーモアが大人をフフと笑わせ、幸せな気分に誘ってくれます。手垢のつかない純粋な何かをもらったような気分で、ありがたいなあと思うのです。

6・新鮮な感性から生まれた詩

子どもはいつも常識という見えない枠の外で呼吸しています。実はわたしも常識から抜け出たとき詩が書ける気がしています。子どもの詩を読むことで、わたし自身、気づかないでいる錆をこそぎ落としてもらっているのではないかと感じています。そして、わたしたちも、子どもと一緒に新鮮な目を持ち続けよう、生き生きと暮らしていこうと思うのです。

二〇〇二年三月

川崎　洋

目次

お母さんの子ならどこの国でもいいよ

レストランで働くお母さんにお父さんが一目ぼれしちゃいました

ぼくがトンボだったころ

冬休みに冬眠したい　でも雪が降ったら起こしてね

人間なんて変　命がなくちゃ生きていられない

あたまわるいけど学校がすき

こどもの詩

挿画　成富小百合

お母さんの子なら
どこの国でもいいよ

ひみつばこ

加藤　裕子（東京・小3）

お母さんに
「体重」と「年」をきいた
お母さんが
「ひみつだよ」と言ったので
頭のひみつばこに
ポイッと入れたんだよ

そのうち裕子さんの頭のひみつ箱に、裕子さんの体重と年がポイッと入ることでしょう。

お母さんの笑顔

渡辺　恵（埼玉・小4）

私のお母さんは　学校の先生だ
帰ってくるのが　いつもおそい
お母さんが帰ってくると
私も姉もねこも　みんなで
「お帰りなさい」と　むかえる
お母さんは　すぐにソファーに
ねころんでしまう
私は　お母さんの腰をもむ

お母さんの笑顔がもどる
私も思わず笑ってしまう

温かい渡辺家の空気が、じわっと伝わってきます。

お母さんの長電話

河喜多　香子《こうこ》（福岡・小5）

ペチャクチャ
ペチャクチャ…
今日もお母さん
長電話
これが自分の
未来のすがただと思うと
おそろしい

電話会社のみなさん、今日はひろい心でこの詩を読んでください。

おうじさま

松浦　ななこ（神奈川・4歳）

ママって
パパとけっこんしたの？
（そうよ）
そしたら
ママは
おうじさまに
あえなかったんだ

思わず笑ってしまいました。パパごめんなさい。

お母さん

岡崎　寛幸（埼玉・小4）

お母さんは　やさしい
でも　ときどき
妹の体そう着と
ぼくの体そう着を
まちがえたりする
かっこわるいけど
ぼくは　おこんない
お母さんは
ぼくとおんなじ
おっちょこちょいだから

今朝は全国の〝おっちょこちょい〟母さんが、ホッと胸をなでおろしていることでしょう。

愛

中安　日香里（山口・小3）

お母さんの子なら
どこの国でも
いいよ

お母さんにとって、これ以上うれしい言葉はないでしょう。

こどもがうまれるわけ

三田村　和樹（富山・5歳）

おかあさん
ぼくどうしてこどもが
うまれるのかしっているよ
おとうさんとおかあさんが
けっこんして
ふたりだけじゃさびしいから
こどもがうまれるんだね

とてもすてきな〝わけ〟だと思います。

いえで

胡麻鶴《ごまつる》　涼《りょう》（群馬・6歳）

あのね　ママ
ぼくさ
なつやすみになったら
じてんしゃ　のれるように
がんばるね
それで
のれるようになったら
じてんしゃで
いえでしてもいい？

いいけれど、どこまで家出するか、ママに言って、明るいうちに帰ってきてね。

すき

高畑　綾菜（青森・4歳）

きょじんと
おやまと
きょうりゅうが
くっついたぐらい
ママがすき

ママとしては、ママのお連れ合いさんからも言われたことのない「好き」の言葉でしょう。

ママ

梅田　珠稀（神奈川・小3）

ママはしごとからかえってきて
つかれたぁと言う
ねむそうな顔してる
売り上げの
お金を計算してる
たくさんあるかなぁ
うれしそうな顔してる
よかった

なぜだか、ちょっと、鼻の奥がツンとなりました。

人気

風間　進之介（神奈川・小1）

あかちゃんがうまれてから
おかあさん　にんきだね

「赤ちゃんを連れていると、知らない人からも話しかけられる機会が多く、そんな時の一言」だそうです。

お手本

中島　みく（埼玉・4歳）

ママ
みくはね
ママの
まねして
まねして
まねして
おとなになるんだよ

宝石のような言葉です。

お母さんの子ならどこの国でもいいよ

コマーシャル

井上　結理《ゆり》（神奈川・小1）

ねえ　おかあさん
あのせっけんのコマーシャル
おかしいことといっているよ
あのせっけんね
おかあさんのにおいが
するんだって
おかあさんのにおいって
みんなちがうのにね

コマーシャルに対する、すごい批評です。

宝物

田島　健吾（千葉・3歳）

（おちんちん　ママほしいな）
だめだよ
せっかくはえてきたのに
だいじにそだててるのに

これがほんとうの珍宝です。大事に育ててね。

お母さんの子ならどこの国でもいいよ

ママはママ

小沢　佳苗《かなえ》（アメリカ・日本語補習校4年）

子供の名前もわからなくなって
生きているのは悲しいと
ママは言うけれど
それでもずっと
長生きしてね
いいじゃないの
ママはわからなくても
私が私のママだって
わかっているんだもの

鼻の奥がツンとなり、この詩に一礼しました。

ひとつだけ

崎山　るみ（神奈川・小4）

がっこうにあるいす
こうえんにあるいす
いしだんだっていす
きのきりかぶもいす
すわるいすなら
どこにもあるけど
かあさんのひざは
ないしょのいす

ないしょの、いちばん座りたいいいすですね。

つな引き

古谷　純平（千葉・小4）

つな引きにはお母さんが
出ました
PTA会長の青かげさんは
きいろ組です
顔を真っ赤にして
「ワッショイ」と
言っていました
おわったら手がくさかったです

「手がくさかった」という発見が、詩を生き生きとしたものにしています。

ぼくのえ日き

浅野　由騎《よしき》（埼玉・小1）

ぼくの　え日きが
12さつもいったんだよ
じぶんのことを
ちょっとだけすごいと
おもったんだよ
おかあさんが　こういってたよ
「すごいよ」って　いってたよ

すごい、ほんとうにすごい。そして、えらい。

お母さんの子ならどこの国でもいいよ

火山

湯本　喜恵（東京・小5）

かあさん
大爆発
またも予知不可能

実に適切な「たとえ」です。

ひさしぶりのおんぶ

アハンガル　シェリーフ（千葉・4歳）

わぁーっ
まみのせなか
あったかあい
きもちいいー
もう
ここでくらす
いっしょうくらす

じんときました。

ぼくのじっ家

千葉　亮平（千葉・小3）

お母さんの　じっ家は
岩せのおばあちゃんち
ぼくの　じっ家は
竹ヶ花の家じゃなくて
お母さんのおなかの中だよね

お母さんは、一生この言葉を忘れないのではないでしょうか。

でんわ

大場　栞音《しおん》（東京・小2）

あいりちゃんのおうちに
むかしのでんわがあったよ
ダイヤルをまわすでんわだよ
十円玉をいれたらね
むかしの人とおはなしできそうな
気がするよ　むかしのママと
おはなししたいなー

じーんとなりました。うちでもダイヤル式のを、とっておけばよかった。

誘導尋問

酒井　いづみ（栃木・4歳）

ねえ　おかあさん
せかいでいちばんだれがすき？
〝みんな〟はダメだよ
ひとりだけ
ちいさいじゅんにゆってね

いづみちゃんは三人きょうだいの末っ子だそうです。

あそんでくるね

小川　ひかり（千葉・小1）

ママ　おはよう！
ごはん食べて
かおをあらって
学校にいって
いっぱいあそんで
帰ってくるね

これが「平和」ということだと、なんだか、じーんとなりました。

夕食の片づけの後で

栗原　雅也（埼玉・5歳）

おかあさん！
きょうもいちにち
かつやくしたね！

お母さんは、疲れがいっぺんに吹き飛んだことでしょう。何だかじんとなりました。

よるのおかあさん

黒田　昇吾（神奈川・小2）

よるのパジャマのおかあさんが
一番きれい
おけしょうしてなくっても
だって　ぼくの
そばにいてくれるから

「お母さん」とつぶやきました。

おにいちゃん

古市　芳明（栃木・5歳）

おかあさん
ぼくのこと　やさしくおこってね
だってね　ガミガミおこると
おなかのあかちゃんが
ビックリしちゃうでしょ？
だからね
やさしく　やさしくおこってね

さすが、来年おにいちゃんになる芳明くんの一言です。

おかあさん

奥山　絢音《あやね》（埼玉・4歳）

（久しぶりにエプロンを
つけている私を見て）
なんかママ　きょうは
おかあさんみたいね

こんな短い言葉で「お母さん」を見事に表現できるなんて、感嘆します。

レストランで働く
お母さんに
お父さんが
一目ぼれしちゃいました

たん生日

池田　可奈絵（愛知・小3）

私のたん生日は9月8日
弟のたん生日は4月18日
たん生日は1年に1回やってくる
でもだれかのたん生日が
毎日休みなくつづく
としが上がると
お姉さんやお兄さんになる
でも年よりに近づくことにもなる

わたしは今「年より」を通過中です。
これからまだ何回も誕生日を迎えたい
と願っています。

ゆうちゃん

長島　寛《ひろ》生《き》（神奈川・小３）

ゆうちゃんはかわいそう
ぼくには弟が二人いるけれど
ゆうちゃんにはいない
弟がすっごくかわいいことを
しらない
ぼくはゆうちゃんを
きゅうっとだきしめたくなる

なんだか胸がきゅうっとなる詩です。
この詩に出合えてよかったと感じます。

妹

吉田　沙織（埼玉・小3）

お母さんのおなかから
生まれた妹
今　0才《さい》だ
顔も目も手もみんな
かわいいかわいい妹
毎日　学校から帰って
妹をあやすのが楽しい
ねている時は　つまら
ないけど　ね顔をずっと
ながめている

「かわいい」と思う気持ちが詩からあふれてこぼれそうです。

おにいちゃん

白金　愛珠美《あすみ》（岩手・小1）

せんせい　あのね
きょう　おかあさんと
サラダをつくりました
とてもおいしくできました
おにいちゃんが
まずいといいながら
いっぱいたべていました
ほんとうは　おいしんだなあと
おもいました

その女の子が好きで、だからわざと
いじわるをする男の子がいたりします。

おさがり

山崎　有貴（埼玉・小5）

あれ　よく似てる
「あ　私の洋服だ」
去年まで　私が着てたのに
妹が着ている
思い出がたくさんある洋服
なつかしいな
もう
私の洋服ではなくなったんだ
さみしいな

「おさがり」なんて懐かしい言葉だなあと、大勢の読者がつぶやいているような気がします。

こんなあさ　大すき

秋山　晴香（埼玉・小1）

学校へいこうとしたら
おとうさんが
「子どもにもどりたい」
っていった
「もう　もどれないよ」
っていったら
みんながわらった
なんだかきもちがよかった

すてきなユーモアの詩です。

レストランで働くお母さんにお父さんが一目ぼれしちゃいました

夕飯はおなべ

福田　温子（埼玉・小2）

父「一人で食べる夕飯は
まずいんだよなぁ」
お父さん
けっこんしといて
よかったね
わたしも
生まれといて　ほんと
よかったよ

「生まれといて　ほんとよかったよ」という2行がまぶしいくらい輝いています。

あったらいいな

面来《めんらい》　祐美（神奈川・小4）

お母さん
5月5日は
こどもの日でしょう
母の日もあるでしょう
父の日もあるでしょう
おじいちゃんと
おばあちゃんの
敬老の日もあるでしょう
だったら

「家族の日」も
あってもいいよね

ほんというと、毎日が「家族の日」なのです。

ねるところ

秋田谷　健人（埼玉・5歳）

ぼくはお兄ちゃんだから1人で
ねるんだよ
ひろと（おとうと）はまだ小さい
からおかあさんとねるんだよ
でもおかあさんはときどき
おとうさんとねるんだよ
おかあさんは人気があるんだよ

おばあちゃんの家に泊まったときの会話。今朝全国的にほほえみがひろがっていることでしょう。

セミとり

亀田　洋斉《ひろなり》（東京・小1）

おねえちゃんが
ぼくを見て笑ったの
（え　どうして？）
「セミがとれてよかったね」
という顔だった

やさしい笑顔の女子高校生さんありがとう。

やくそく

長谷川　友紀（千葉・小3）

お姉ちゃん　けっこんしても
いっしょに住もうね
それがダメだったら
わたしの近くに　住んでね
やくそくだよ

ため息が出ました。

おとうとのねつ

徳永　達哉（神奈川・小2）

おとうとがねつを出して
くるしそうにないています
かおを見ると
あつそうです
ぼくも小さいころに
ねつを　だしたことが
あったかもしれないけど
くるしかったことは
おぼえていません
おとうとが
かわいそうです

なんと美しい兄弟愛でしょう。

運動会の朝

畝高《せたか》　奈穂（群馬・小1）

おかあさんに　おこされないのに
目がさめた
チッチッチッ　時計がいつもより
ゆっくり動いている
ドキドキドキ　わたしの心ぞうは
いつもよりはやく動いている
おにいちゃんが「がんばろうぜ！」
ってVサインをした

スーって心ぞうの音が
小さくなった

たのもしいお兄ちゃんですね。いいなあ。

兄弟ゲンカ

沢畠　凜太郎（福岡・5歳）

ちーちゃん!!
もう　おかあさんのおなかに
かえって!!

凜太郎くんが3歳のころ、6か月の
弟に言った言葉とのこと。すごい表現
だと驚きました。

兄弟

日下　佳祐（千葉・小2）

ねえ　お母さん
「弟」という漢字は
「兄」という漢字より
むずかしくって　えらそうで
ぼくは　ちょっと　きらい

でも「兄弟」という熟語は兄が上です。それでなっとくしてください。

マジシャンみたいなゆきな

池崎　瞳（千葉・小2）

ゆきなは11月に生まれた赤ちゃん
お正月におばあちゃんにあずけて
車で買いものにでかけた
お父さん　お母さん　お兄ちゃん
わたし
ほんの少し前のかぞくと
かわりないのに　なぜかさびしい
生まれて2ヶ月もたってないのに
すっかり家ぞくの一いんになって
しまったゆきなは　すごい

家族というものに手で触ったみたいな感動があり、いい詩だなあとつぶやきました。

レストランで働くお母さんにお父さんが一目ぼれしちゃいました

しあわせ

小林　愛《めぐみ》（埼玉・小1）

おかあさんは　まえに
レストランで
はたらいていました
そのレストランで
おとうさんがおかあさんに
一目ぼれしちゃいました
それから　けっこんしきをあげ
わたしが生まれました

いま　うちは　とっても
しあわせです

愛というあなたの名前に、お母さんとお父さんの愛がこめられています。なんていい詩だろう。

宿題

湊　志保（静岡・小6）

宿題をしていると
弟が音読をしていた
「かんたんでいいな」
私は思う
また宿題をしていると
兄がいつの間にか後ろに
立っていた
そして

兄は私の宿題を見て言う
「かんたんでいいな」

わたしも、今、だれかが後ろに立って「かんたんでいいな」と言っているような感じがします。

たん生日

森田　翼（神奈川・小4）

今日は　ぼくが生まれた日
今日の八時四十三分に
生まれたそうです
岩手県のおばあちゃんの家の
近くのびょういんで生まれました
弟も同じところで
生まれたけど
妹だけ
戸塚のびょういんで生まれました

事実だけを書いたのですが、読む人を打ちます。詩の不思議のひとつです。

つながっている

平間　由希乃（千葉・小3）

おじいちゃん　おばあちゃん
せんそうで　死なかくてよかった
おじいちゃんがいなかったら
おばあちゃんがいなかったら
わたしは生まれていなかった
お父さんとお母さんの
子どもになれていなかった
わたしは　今　とってもしあわせ

ひいおじいちゃん、ひいおばあちゃんも、その前の先祖からも、いのちはつながっています。

レストランで働くお母さんにお父さんが一目ぼれしちゃいました

もしも

茂木　愛友実《あゆみ》（神奈川・５歳）

おにいちゃん
あゆみがもしもざりがにだったら
そだててくれる？

お兄ちゃんもお父さんもお母さんもザリガニになって、一緒に暮らすのではないでしょうか。

おねえちゃん

鈴木　しおり（東京・小1）

おねえちゃんが
おだいどころで
おちゃわんを
あらってる
おねえちゃんは
もうひとりの
おかあさん

「ああいいなあ！」とつぶやきました。

レストランで働くお母さんにお父さんが一目ぼれしちゃいました

お父さんへ

李《り》　星河《せいか》（東京・小5）

私は生きるためにうまれてきた
親におこられるために
うまれてきたんじゃない
親っていうのは
木の上に立って子供を見る
って書くんだよね
お父さんは木の上に立ってない
子供の上に立ってる

おい星河、大きくなったらお父さん
を乗り越えろ。

じい

中山　健太郎（千葉・小3）

夏休みにいなかに行くと
「じいにそっくり」と言われた
じいにカツラをつけたら
ぼくにそっくりになるんだね

ハッハッハと笑いました。いい気持ちで笑わせてくれて、ありがとう。

おとうと

宮沢　翔太郎（埼玉・小1）

あかちゃんが
ぼくのかたに　のっかりました
「あう」っていった
「おにいちゃん」って
いったみたい

肩に乗っかった赤ちゃんの重さと、お乳のにおいが伝わってきます。

家族

古山　真理恵（北海道・中3）

お父さんは
一家の大黒柱
お母さんは
太陽
そして私は
宝物よ

輝かしい「家族」の記念写真のような詩です。

レストランで働くお母さんにお父さんが一目ぼれしちゃいました

弟

河村　知《ち》歩《ほ》（神奈川・小4）

弟は一年生です
中休みに
一年生の弟の教室へ
弟を見に行きます
弟は私を見て
はずかしそうな顔をして
友達と遊んでいます

清らかな、暖かい風が、わたしの体を吹き抜けていくのを感じました。

おとうさん

今泉　舜平《しゅんぺい》（香港・4歳）

ようちえんで　きょう
おとうさんの　おかお　かいたの
そしたら　なきそうになった
（どうして？）
だって　かわいいから……

お父さんも、この詩を読んで泣きそうになるのでは？

ひるね

佐藤　季絵（東京・小4）

お兄ちゃんが
ひるねからさめて
トイレに行った時
まるで
こんにゃくみたいだったよ

こんにゃく自身が、昼寝からさめたらどんなだろうな？

けんか

清水　亜弥（埼玉・小5）

弟とけんかした　弟は泣いた
寝るときまで一言も話さなかった
寝る寸前に弟が「ごめんね」
私はずっとだまっていた
「いいよ。気にしていないから」
本当は私もあやまらなければいけないのに

亜弥さんは、この詩を黙って弟に見せるでしょう。

青森のおばあちゃん

松坂　直美（神奈川・小5）

めったに会えない
電話がきた
「あのね　おばあちゃん」
プープープー　切れちゃった
電話代を気にしてる
私の話を最後まで聞いて
おばあちゃん

電話代を気にしながら、でも、どうしても直美さんの声が聞きたかったおばあちゃんです。

たのしい時間

西村　杏樹（埼玉・小2）

私には　妹がいる
まだ小さいけど　いつかは
私みたいに大きくなる
そのことが　私にとって
一番たのしい時間だ
だって　妹が大きくなる
時間を見られるから

なんとすてきな〝たのしい時間〟であることでしょう。

ぼくがトンボだったころ

かぶとむし

斉木　美里（埼玉・4歳）

すずむしみたいに
なかないけど
かぶとむしは
こころのなかで
どすこいって
いってるんだよ

かぶと虫が「どうしてわかったんだろう」とつぶやいています。

かさ

石井　澪《みお》（千葉・5歳）

（道路がぬれているようだけど
雨が降ったのかしら）
ふってないよ　だってアリさん
かさをさしてないもん
（アリさんて
どんなかさをさすの？）
アリさんはね　みずいろの
かさをさすんだよ

お孫さんの言葉をおばあさんが書きとめました。水色の傘をさしたアリの行列が目に浮かびます。

ぼくがトンボだったころ

加藤　卓（埼玉・小6）

ぼくがトンボだったころ
赤い夕暮れの空を飛び回った
人間の子がぼくらをとりに来る
ぼくらは必死で逃げた
時が流れ
ぼくは小学六年生となった
ときどき　仲間を思い出す
あの頃《ころ》が
何だかいとしくなってくる

なんといっても、この詩の出だしがすてきです。

犬対ねこ

網野　愛（千葉・小4）

おねえちゃんが
犬のラッキーに
ねこのチロをおいた
だが
チロがラッキーの
鼻の上をひっかいた
ラッキーは「まいったなぁ」
と　いう顔でした

ラッキーの顔がまざまざと見えます。
その瞬間が詩に刻まれています。

まけずぎらい

羽鳥　司（千葉・小2）

もうすぐ冬なのに
ずうっと　水を　やらなかったのに
オレの　ミニトマトが　なった
夏に　できたのより
うんと　小さいやつが　五つ
「となりの　まんりょうが
いっぱい　みをつけたから
　まねしたんだよ」と
お母さんは　言ったけど

ちがうよ
まけたくないと　思ったんだ
オレみたいな　ミニトマトだ

ミニトマトはミニという名前が嫌い
かもしれませんね。

ザリガニ

年岡　基《もとい》（東京・小1）

きょう　ザリガニが
しんでしまいました
かなしかったです
ぼくは　ずっと　ザリガニを
みていました
はさみが　ちょっと
きれていました

基くんの悲しみが、特に終わりの2行ににじみ出ています。

きゅうこん

関口　隼人（埼玉・小2）

やすみじかん
きゅうこんをみたら
めがでていた
つちはこおっていたけど
めはだいじょうぶだった
ちゃんとたってた
でも
さむそうだった

球根をしっかりとらえた詩です。

木

波田　倫枝（福岡・小5）

私は木
卒業生が　記念に植えた木
私はせが高いから
給食室　児童会室
そして四の一が見えるんだよ
声は聞こえないけどね
けんかしたり　席がえしたり
いろいろ見えるよ

　こん度は
どのクラスを見ようかな？

よくまとまっていて、読むとすがすがしい気持ちになります。

あさりじる

宮川　七重《ななえ》（東京・小1）

あさりじる　たべた
かいがらの
カスタネットが
いっぱい　できた
なんのうたに
しようかな

今夜、夢の中で、あさりカスタネットの伴奏で歌う人がいるかもしれません。

もし わたしがねこだったら

塚崎 美加（茨城・小3）

ねこは なき声がかわいいから
わたしは ねこになりたい
ねこになれたらひるねをしたい
ごはんもいっぱい食べたい
ごはんは はやく食べるぞ！
子どもを いっぱいうみたい
6ぴきぐらい
なるべくながいきしたい

友だちをいっぱいつくりたい
元気に走りまわりたい

詩の中から「いのち」が外へあふれそうです。

あげはちょう

斉藤　美波《みなみ》（千葉・小1）

きょう　がっこうでかっていた
さなぎがちょうにかえったよ
いっしょうけんめい
とぶれんしゅうをしていたよ
みんなは　がんばれ
がんばれっておうえんしてたけど
わたしはしなかったんだ
じゃまになるといけないから

あげはちょう、つまり相手の気持ちを思いやった美波ちゃんなのです。教えられました。

アゲハ

藤谷　絵里子（東京・小6）

わたしのからだにえをかいたの
だあれ？
ヒラヒラヒラ
とってもきにいってる
ヒラヒラヒラ
おれいをいうわ

絵里子さんの詩の耳が聞きとったアゲハのつぶやきです。

とかげのありがとう

吉岡　賢吾（千葉・小2）

とかげをつかまえて
にがしたら
うしろをふりむいたよ
とかげの
ありがとうとバイバイは
ふりむいていくことなんだね

読んで、清涼な風に吹かれたような感じがしました。

あさがお

水村　志帆（埼玉・小4）

そのあさがおは
あさつゆにぬれて
あさの光をあびながら
うつくしく光っていました
そのあさがおを
お日さまがてらすと
まっていたように頭をさげて…
みじかい一生をおえました
あさがおは本当に美人薄命だね

志帆さんは美人長命といわれるように長生きして、詩を書いてください。

木のあやとり

相馬　恵《え》菜《な》（埼玉・小2）

わたしが　朝　学校に行く時
木にたくさん
ジョロウグモのすが
かかっていました
その前の日に雨がふったから
きらきらひかっていました
木があつまって「こうかな」
「ちがうよ」と言って
あやとりをしているみたいでした

「あやとり」を連想したところがすてきです。

ナメクジ

柳沢　知花（茨城・5歳）

おーい　ナメクジ
なにかしゃべって
だれにもいわないから……

こんどナメクジを見かけたら、今までとは違った新鮮な感じがするでしょう。詩の力です。

家の中

広幡　達也（東京・小5）

ぼくはねずみです
家にあなをあけて住んでいます
めったに家から出てきません
外に出ると大っきな人やねこが
ドスーンドスーンと地しんに似た
足音で歩いています
食べ物を取りに行く時は
命がけで取りに行きます
これからも
見つからないようにします

ネズミがこの詩を読んだら、どうしてぼくらの気持ちが分かるんだろうと、驚くことでしょう。

おたまじゃくし

田中　美《み》桜《お》（千葉・小2）

おたまじゃくしの
うしろ足が　出たときは
人げんが
こしに　手をやって
かっこつけてる
みたいだったよ

なんておもしろい見方でしょう。

私とみんな

李《り》　星河《せいか》（東京・小4）

木の葉にしわがある
私の手のひらにも
しわがある
ライオンのあたまに毛がある
私のあたまの上にも毛がある
みんなみんな
おなじところがある

そして同じ時期、同じ地球という星に生まれ合わせたということです。

ねこ

千葉　早希子（神奈川・小3）

ねこさん　ねこさん
なんで
わたしのこと
にらむんですか
わたしに
なにか
ご用でも

ねこ「ごめんね。生まれつきこういう顔と目つきなの」

ぼくのカメ

若林　一樹（神奈川・小4）

ぼくが育てているカメは
テレビを見たりする
おやじみたいに
背中をかいたりして見ている
よく食べてねる時には
はなちょうちんを
クー　クー
口をまだぱくぱくさせて
まるで王様気分

背中をかいたり、はなちょうちんを出したりというカメの話を初めて知って、心が踊りました。

ヒヤシンスのめ

沢崎　紀宏《のりひろ》（埼玉・小3）

三日たっただけなのに
くっついていたのが
すこし
はなれてきているよ
自分からだよ
ふたごみたい

「自分からだよ」というのが特に新鮮です。

ウサギ

三枝　慎平（神奈川・小6）

学校のウサギは穴から出ない
エサをやっても
穴から出ない
いなくなると
穴から出る
どうしてにげるの
なんでにげるの
四月にはあえなくなるのに

終わりの一行が、詩全体を印象深いものにしています。

木

三谷　小夜華《さやか》（神奈川・小5）

とってもとっても大きな木も
昔は小さな種だった
そんな小さな命のつぶが
ゆっくりゆっくり大きくなる
きっと　自分の大きくなった
すがたをそうぞうしながら
ゆっくりゆっくり育ったんだね

繰り返し読みました。木と人間のいのちの二重唱です。

うぐいす

服部　早紀（埼玉・中1）

今朝　君の鳴く声で目が覚めた
母に起こされても
起きられない時は　起きられない
目ざましが鳴っても
起きられない時は　起きられない
でも　君が鳴いた心地よい一言
『ホーホケキョ』で
私は春に気づいたかのように
サッと起きられた　ありがとう
私の　自然の目ざましさん

今ではぜいたくと思われるような目覚めですね。むかしは当たり前のことだったのに。

「いのち」って?

岩瀬　茉《ま》利《り》奈《な》(神奈川・小6)

人にはもちろん
鳥だって　地球だって命がある
でも　空気って生きてるの?
風って生きてるの?
土だって　水だって…
生きているのかな?
生きていないのかな?
私達が「物」とよんでいるものは
そんな会話をそっと
聞いているかもしれないね

生き物だけが「いのち」を持っているのではない——いつも考えていたいことですね。

もしかしたら

坂本　一馬（東京・小4）

もしかしたらコイは
えさじゃなくて人間を食べようと
口をパクパクしているのかも
しれない
もしかしたら本だなは本を食べて
いるのかもしれない
もしかしたらクラゲはゼリーの
生まれ変わりかもしれない

もしかしたらはみんなにある
みんなもしかしたら

みんな、もしかしたら、未来からタイムマシンでやってきているのかもしれない！

ゴキブリ

大久保　拓海（神奈川・5歳）

おかあさんが
「キャー!!」っていうから
ゴキブリもよろこぶんだよ
「いらっしゃーい」っていえば
「チェッ　つまんないの」って
すたこらいっちゃうよ

ふてくされたゴキブリの顔が見える
ようです。

カメのダイビング

草宮　祐志《ゆうし》（千葉・小4）

カメが日光浴してる
二匹並んでホカホカしてる
短い首を長く伸ばして
そっとそっと近づいたのに
すばやく気付いてダイビング
カメリンピックにも
出れそうなくらい上手だぞ
ぼくも仲間に入りたい

カメリンピックの応援団長は、ウサギさんかな。

ぶどう大すき

諸澄　春菜（東京・小2）

ぶどう大すきおいしいな
こどものお口にちょうどいい
おとなになったらどうしよう
ポンとお口に入れるでしょ
ピンポン玉がちょうどいい
おとなはぶどうをいじめてね
ぶどうのなみだをのんでいる
こどもはぶどうとなかよしさ
小さいぶどうはあじがこい

七と五のリズムで書いてあるので、声に出して読むと、とても楽しいな。

すごい日

本房《ほんぼう》　真綸《まり》（埼玉・小1）

あさおきたら　あおむしが
ジャンボあげはちょう
になっていた
みのむしの　みのちゃんも
みのがになっていた
みのがは　ぶんぶん
うるさかった
きょうは　すごい日だな

この〝すごい〟と感じる新鮮さを、いつまでも持っていたいものです。

さくらのめ

長洲　洸司（茨城・小3）

こうていのさくらの木に
もうめができている
ながくてまるいめだ
はやく花をさかせたい
とぼくは思った
木も思っているかな

たくさんの植物や動物が春を待っているのですね。もちろんわたしたち人間も。

チューリップ

岡芹《おかぜり》　杏奈《あんな》（埼玉・小1）

ひらいているところもあったけど
つぼんでいるところもありました
すこし　たいへんそうだけど
いいな
てんきがいいとき
きれいな　お空が見られるもの

チューリップに寄せる杏奈ちゃんの、とても温かい気持ちが、まっすぐ伝わってきます。

風

大前　はな絵（神奈川・3歳）

いっぱいのはっぱが
じぶんのうちわで
あおいでいるよ

なんていい表現でしょう。

鳥

内山　宏美（群馬・小6）

地面に歩いてる鳥を見ていたら
「スッ」
と羽を広げて飛んでいった
私ががんばってもできないことを
一秒で　一瞬でやってしまった
何気ない風景が
貴重ないっしゅんに見えた

この詩に純粋な詩の視線を感じました。

がんばれ

渡瀬　吏紀《りき》（福岡・5歳）

ぼく　きょうさるまわしをみたよ
（どうだった？）
たけうまにのってたから
「がんばれ　がんばれ」と
おうえんしてたらね
なぜか　なみだがでてきた

読んでわたしもジンときました。

あたまわるいけど
学校がすきです

先生はもちろん、
ぼくたちのことも

ともだち

江草　風花（千葉・4歳）

（おともだち　できた？）
うん　ひとりできたよ
（いっしょに　あそんだの？）
そうじゃないの
おともだちが
にこって　わらったから
ふうかもにこってわらったの

人間の「にこっ」は、原始、このような混じり気のない次元からスタートしたのではないでしょうか。

給食の牛乳

小早川　和馬（千葉・小1）

ビンじゃなくって
かみのいれものにはいってる
かたちはしかくで
これぐらいのおおきさ
あ
それから
にんじゃみたいに
せなかにストローを
しょっているよ

正確でユーモアのある説明ですね。
感心しました。

はるとのきゅうしょく

千脇《ちわき》　陽人《はると》（千葉・小1）

きょうのきゅうしょくはね
のりまきだったんだよ
なっとうとね
たまごとね
おしんこをね
まいてね　こうやって
空のほうむいたり
まつながせんせいのほうみたり
しあわせにむいてね
たべたんだよ

陽人くんは、好き嫌いのない一年生だろうと、とてもうれしく思いました。「幸せに向いて」がすてき。

私は忘れません

国分《こくぶ》　理都子《りつこ》（茨城・中3）

もう卒業です
さようならを言います
新しい学校の生徒になります
制服も友達も通学時間も
変わります
——でも　私は忘れません

「母校」です。校歌とともに、いつまでも心に残っていますね。

「フー」

飯野　奈緒美（東京・小5）

今日はとてもつかれました
「フー」
先生は　何をしてすぐ
「フー」と言いますか
うちの　おじいちゃんは
トイレから出ただけで
「フー」と言います
あんなことで
「フー」と言うなんて
びっくりしますわ

「フー」って、人間の口から出るんだけど、神様が疲れをとってくださるおまじないかもしれません。

五年生になったなぁ

戸口　紗由美（埼玉・小5）

春の遠足で
五年生になったなぁと思えます
どうしてかと言うと
一年生のめんどうが
見られるようになったからです
チームの中で一番おそかったので
歩くスピードを上げるために
一年生のリュックを持ちました
これで五年生になったなぁ
と思ったのです

いい詩です。ありがとうと言いたくなります。

ニックネーム

矢野　美希（埼玉・小3）

みんなが　私のことを
ミッキー　ミッキーと呼ぶ
でも　私はヘビ年だよ
だけどヘビより
ネズミのほうが　かわいいな
だから笑って　聞いているんだ

何十年たっても、クラス会でミッキーと呼ばれるでしょう。ニックネームは親愛の証（あかし）です。

のぼりぼう

橘　遼太（茨城・小2）

のぼりぼうをのぼるとき
すごくつかれるけど
がんばるしかないところが
おもしろい
たまにつまらないときもある
ずーっとやってると
手にまめができる
つぶれたらすごくいたい

遼太くんは、困難と戦うことが好きという、すてきな若者に育つでしょう。

お手紙

岡田　芙希子（神奈川・小2）

前の学校のおともだちから
手紙がとどきました
「八月まであそんでくれて、あり
がとう。また、きっと会おうね。
お手紙まってるよ」
って書いてありました
こんどはわたしが書いて
おくります

いっしょうけんめい書いて
おくります

なぜか分からないのですが、読んで
涙がにじみました。

授業中のお絵かき

間島　靖恵（新潟・小5）

わたしはよく授業中に絵をかく
先生に見つからないように
教科書をたてたり
ふでばこを置いたり
でもやっぱり先生にみつかる
休みじかんにすればいいのに
と思う人もいると思うけど
授業中だからこそおもしろい
授業中のお絵かき

授業中だからこそおもしろい、という秘密！　詩は秘密の味方です。

ぼく

武藤　直樹（群馬・小2）

ぼくは今二年生です
あまりべんきょうができません
でも　ぼくもぼくなりに
生きています
あたまわるいけど
学校がすきです

じんとしました。

竹村先生へ

宮負　卓矢（千葉・小4）

本を読んでくれた
外で遊んでくれた
サッカーを教えてくれた
パソコンを教えてくれた
ぼくは
学校に行くのが楽しかった
先生は　言ったよ
「やる時はやる」
「できなくてもがんばる」
ぼくは　男としてそんけいしてる

竹村先生は体育の先生とのこと。読んで、さわやかな風に吹かれたような感じがしました。

「いれて」「いいよ」

小泉　花（東京・小2）

学校で　休みじかんに
あそんでたらね
1年生が
「いれて」ってくるんだよ
「いれて」「いれて」って
くるから「いいよ」「いいよ」
「いいよ」「いいよ」って
いってるあいだに

あそびじかんが
なくなっちゃうぐらいだよ

「いいよ」ということばって、いいなあ！

「彩光苑」へ行ったよ

中村 真《しん》（埼玉・小4）

行く前に先生から
「自分たちが楽しむのではなく
おじいちゃん　おばあちゃんを
楽しませるんだよ」と言われ
心に刻んでいきました
おちゃらかほいを8回やり
5回かちました
やっぱりうれしかったです

郊外学習で老人ホームへ行ったときの詩とのこと。中村君の笑顔とご老人たちの笑顔が浮かびます。

5年生は　すごい!

関谷　レイミ（栃木・小2）

はん長がきいた
「べんき　ふく人ー」
だーれも手をあげない
「わたし　やります」
女の子の声がした
ゴシゴシ　キュッキュッ
ペーパーの先に
小さな三角形ができていく

すごい！　えらい！
わたしの日も　かがやいた

学年たてわり班で、初めてトイレの清掃をした日のことだそうです。読んで、ジンときました。

ヌルル

長門　遥《はるか》（福岡・小２）

きょう　うちに　シンガポールの
おんなの子がやってきた
名前をヌルルといい　えいごしか
しゃべれない　ことばが通じるか
とてもどきどきした
「ヌルル」　ゆうきを出して
名前をよんでみた　ヌルルは
じっと私のかおを見た　そして
「イエス」といった
私はとってもうれしかった

遥ちゃんはもとよりヌルルちゃんも、その瞬間をずっと心に刻んで大きくなることでしょう。

ともだち

金子　大（佐賀・小2）

かえり道みんなでかえる
楽しい
とちゅうでひみつきちによる
やっぱり楽しい
きちは　ダンボールで作った家だ
あしたは　何をしよう
わくわくするな
いいともだち

「ひみつきち」も「わくわく」も、わたしからずっと遠くへ行ってしまったなあ……。

放課後

片岡　奈都美（茨城・小5）

しげちゃんのギターの音色
川又さんと勇君のおにごっこ
校庭からボールをける音
風に浮くカーテン
うす暗い教室の中
私はぽつんと
宿題にたちむかう

詩の中に、音楽と音と、クローズアップされた片岡さんの姿が見えます。

参観日の先生

井上　美奈萌（群馬・小5）

「こらっ、もっと大きな声で…」
いつもの先生はこんな感じだ
参観日の先生は
「はい。みんなよくできたね」
と天使の声だ
かんぜんにおひなさまになってる
いつもの先生は
アメリカに旅行中なのかも

きつい皮肉だけれど、ゆかいな皮肉でもあります。

やせがまん

井上　怜《れい》（千葉・小5）

「うわっ」と思ったらもう遅い
通学路で転んでしまった
足はズキズキ痛む
さすがの僕も泣きそうだ
でも　痛いより恥ずかしい気持ち
そこで僕は
何事もなかったように立ち上がり
カッコつけて歩きだした

そういうカッコのつけ方、カッコいいな。

新しい先生

村上　あすみ（神奈川・小5）

五年生になって
クラスがえをした
新しい友達
新しい先生
すごくやさしい
先生の小さいころの話を
よくしてくれます
先生も
小さいころがあったんだ

あすみさんの今の毎日が、やがてかがやく思い出になりますよ。

ちびっこ王子

中村　彰宏（千葉・小2）

ぼくのむねまでしかない田村くん
いつもぴょんぴょんかけ回る
おっとランドセルがたおれそう
一年二くみの前をとおるとき
のぞくけれどいつもいない
そとがすきなんだね
「お兄ちゃん」とぼくをよぶ
ぼくはいちいちむずむずうれしい

「なあに」と言うときぼくはイヒ
お休みしないでかよおうね

一瞬、あったかいものが、わたしの
心と体を過ぎていきました。

もうひつ習字

田村　祐介（新潟・小3）

はじめてもうひつ習字を習った
ふでにすみをつけたら
ふでが黒くなった
白い紙にふでをつけたら
紙に黒いすみがついた
たてのぼう二本
よこのぼう二本　書いた
けっこう　うまい

すみのにおいが、ぷんとただよい、紙の上で筆を動かす手ざわりが、まざまざとよみがえります。

町たんけん

目黒　美貴（埼玉・小2）

10月6日私のたん生日に
町たんけんに行きました
私は　ゆうびんきょくに
行っていろんなものを
見てきました
とても楽しかったです
それでじゅぎょうさんかんの時
たくさんの人の前で私は
がんばって発表しました
とてもうれしかったです

町たんけんも、大事な大事な勉強です。これからも続けてください。

あこがれのあまざけ

田川　夏帆《なつほ》（東京・小1）

学校でかるたづくりをしました
「お正月
　あまざけのむのは
　まだまだ早い」
先生は大きなはな丸
おかあさんは大わらい
こくごノートがすきになった

あまざけのように、ほかほかして、いい香りの詩です。

お習字

尾沢　理美《さとみ》（東京・小5）

お習字って　時代おくれ？
パソコンで何でも出来るのに
私って
平安時代の紫式部のころの気分
おとなのかなは
くらげ文字でおもしろい

天国にいる紫式部が、ほほえみながらうなずいています。

こころはともだち

城野《じょうの》　大輝《だいき》（香港・小1）

マシューはな
めがあおいねんで
（そやな　マシューは
イギリス人やもんな）
でもこころはともだちやな
ことばはつうじひんでも

マシューも同じことを感じていることでしょう。

もうすぐ八才

田川　夏帆《なつほ》（東京・小2）

ハイハイしかできない一才
しゃべれるとおもっている二才
やっとようちえんの三才
早く年長になりたい四才
一年生になりたくてドキドキ五才
一年三組のみんなと会えた六才
かきぞめで金しょうをとれた七才

八才から先、毎年この詩に加わるピカピカしたものが、たくさん地平線のはるか先まで！

給食

大久保　拓海（神奈川・小1）

ほっぺたが
スペースシャトルになって
ぶっとんでいくほど
うまい！

「ほっぺたが落ちる」より、もっとすごい「うまい」なのだ！

冬休みに冬眠したい
でも雪が降ったら
起こしてね

山

高倉　直人（大分・小1）

おかあさん
山っていう字は
ぼくと同じ一年生だね
だって小一って書くもん

そして山と山が重なると「出」になりますね。おもしろいなあ。漢字でたくさんあそべます。

てんきよほう

増満　瑠里（千葉・5歳）

てれびのひと
「かみなり」
じゃなくて
「かみなりさま」って
いわなくちゃだめだよ
そうしないと
おそらで
おこるんだよ

かみなりさまって
こわいんだよ

遠い昔の祖先たちの雷様に対する畏怖（いふ）の念が、こどもの血の中に伝えられていると感じました。

てんしのくるま

中安　日香里（山口・小2）

水たまりに　はいって
タイヤが　あたったら
しぶきで　くるまに
はねが　はえたみたい
はねをつけて　とんでいきたい

ふつう4行目で終わりますが、5行目が加わることで、いい詩になりました。

くつ

植田　さおり（神奈川・5歳）

くってはんたいはくと
けんかしてて
ちゃんとはくと
デートしてるんだよ

くつの命を見つめています。

はやくかえろ！

永田　修一（岩手・3歳）

おかあさん
おうちが
さみしい
さみしいっていってるよ
はやくかえらないと
おうち
ねちゃうかもしれないね

おうちのほうでは、修一くんとお母さんが帰ってこないと眠れないと言ってるような気がします。

眠るとき

朱谷　知洋（千葉・小3）

ねぇおかあさん
眠いときに眠ろうとすると
なんか笑っちゃうんだよ
だって気持ちいいんだもん

こどもだからこそ、つかまえることのできたポエジーです。わたしもこういう眠りが欲しいなあ。

冬休みに冬眠したい　でも雪が降ったら起こしてね

神様のなみだ

山崎　真由美（埼玉・小4）

ポチャン　ポチャン
空の上で　神様が泣いている
きっといやなことがあったんだ
悲しいことがあったんだ
神様も　私と同じで
泣くんだなあ

晴れの日は、空の上で神様が笑っておいでなのですね。

てんきよほう

遠藤 千明《ちあき》（埼玉・5歳）

てんきよほうは
どうしてあたるの？
わたしのクツは
あーしたてんきにしておくれ
ってしても
ウソつくとき　あるのにね

天気予報官の人もこどものころクツを飛ばして占ったかもしれませんね。

電車にのって

鎌田　風太（千葉・小1）

ねえ　ママ
よーく聞いてみて
この電車
「ボクはココ
ボクはココ」って
いっているよ

風太くんは、詩の耳を持っています。

しんぞう

今《こん》　渉《わたる》（岩手・4歳）

おかあさん
はしると　しんぞうが
はやくなるんだよ
しんぞうも　まけないように
はしってるんだよ

さあ、きょうは散歩のとき、ちょっと走ってみようかな。

にじ

東谷　彩（東京・小4）

どうやって　あんなに上手に半円
をえがくのだろう
地球に　大きな大きな大きなコン
パスがあるのかな
青　緑　黄色　赤
太陽にてらされて　かがやく
山みたい
でも　ほんとうのやく目は　地球
をいろどるアーケードかな

人間には聞こえない地球の歌の楽譜かもしれません。

カーテン

石田　葵（神奈川・小1）

ぼく　カーテン
かぜがふくと
ふんわりゆれる
おひさまがあたると
せなかがあったかい
かくれんぼのときは
あおちゃんをつつむよ

カーテンの手ざわり、いのちがあるような息づかい、などが柔らかく刻まれています。

雨と青空

佐久間　千里（愛知・小6）

ザーザーうるさい雨
ザーザージャバジャバめいわく雨
でも雨のかげに
いつもより気持ちのいい
いつもより元気の出る
いつもより青い
青空がかくれんぼしてる

雨のかげに青空がある。苦しみのかげに、いつかやってくる喜びがある、と思うすばらしさ。

うるさい風

小林　剛（埼玉・小2）

もう　風のやつ　うるさいな
ゴー　ゴーって
おれの名前ばかり　よんで
たまには
ユウキ　とか
ユウスケ　とか　よんでみろよ

怒っているきみには悪いけれど詩を読んで、おもしろいと笑っている人がたくさんいると思うよ。

冬休みに冬眠したい　でも雪が降ったら起こしてね

風

藤野　稔（宮城・小2）

風は　風でもつよい風
うでに当たれば
とうめい人間に
つかまれたようだ
かたに当たれば
おんぶみたい
せなかに当たれば
けとばされ

それは
おこったとうめい人間

「透明人間」というたとえが、とてもすてきです。

秋

青木　未来（神奈川・6歳）

なつかしいよね　あき
ずっとまえにもあったよね

日本の秋の情感が、2行の中に息づいています。

冬休みに冬眠したい　でも雪が降ったら起こしてね

とうみん

谷口　健斗（静岡・5歳）

ぼく　ふゆやすみになったら
とうみんしたいな
でも　ゆきがふったら
おこしてね

終わりの2行の、なんとかわいいこと！

おてがみ

橋川　美年《みね》（神奈川・小1）

ママ　わたしね　ちっちゃいころ
ほこりがようせいさんからの
おてがみかとおもってたんだよ
かわいいね

ほこりと妖精《ようせい》という、まるで別々のものが詩のなかで結ばれていて、感動しました。

くも

岩瀬　凱《かい》（千葉・2歳）

ママは
うさぎみたいなくもだね
っていったけど
かい
くもみたいなうさぎ
とおもうよ
たぶんね

視点を違えたおもしろさです。雲といえば、わたしたちはいつもその裏側を見ているわけですね。

トイレでなく

大久保　勇希（千葉・3歳）

ゆうきね
トイレでうんちいやなの
ゾウさんやキリンさんみたいに
そうげんでうんちしたいの

東アフリカのサバンナで、車をおりてオシッコしたときの快感を思い出しました。

うめぼし

中沢　文恵（茨城・小1）

ふうちゃんは
うめぼしが
すきなことはすきなんだけど
すっぱくて
ウインクができちゃうの
いま　つばがでちゃった

「ウインクができちゃう」という言い方がすてきです。

ねんねの国

堀内　春風《しゅんぷう》（東京・5歳）

パパぁ
ねたときさぁ
フーちゃん　おふとんから
きえてるぅ？

夢であちこち行くから、そのときは、おふとんから消えると思って聞いたそうです。詩そのものの言葉です。

冬休みに冬眠したい　でも雪が降ったら起こしてね

夜のあいさつ

安西　真希（神奈川・小4）

ねる時
「行って来ます」
と　お母さんに言う
「えっ　どこに？」
「もちろん　夢の国だよ」
「そう　行ってらっしゃい」
今夜も　私のあいさつは
「行って来ます」

お母さんは　笑顔で
「行ってらっしゃい」

「おやすみなさい」でなくて、「行って来ます」っていうの、いいなあ。こわい夢は見ないでしょう。

ひとみ

塙　早織（茨城・小5）

上向きのじゃぐちを
のぞいてごらん
やさしいひとみで
みつめかえす
ほら　今わらったよ

詩は発見だと、あらためて思いました。

冬休みに冬眠したい　でも雪が降ったら起こしてね

おきばりやすっ!

柴崎　藍泉《あみ》（神奈川・小４）

さみしい時　かなしい時
私に元気をくれるのは
大阪弁
五才まで育った町
いまは横浜でくらしているけれど
大好きな大阪をわすれやしない
心のひきだしにしまってある
「方言と共通語」を学習したら

ぴょんと口からとびだした
「今日も元気におきばりやす」

それぞれの土地の言葉を大事にしましょう。共通語では言えないが、方言でなら言えることがあります。

おちば

小川　景子（千葉・5歳）

おかあさん
おちばが
いっぱいさいたね！

なんという感動的なことばでしょう（！）

ハサミ

土屋　樹《いつき》（静岡・小3）

ハサミは
紙を食べようと
すると
はで切ってしまって
いつもおなかをすかしている

こどもだからこその、新鮮な感覚が研ぎすまされた詩です。

つまんないな

富田　真由（東京・小4）

つまんないな
熱さがるかな
あした学校に
行けるかな
いろいろおもう
ふとんの中です

氷まくらの感触と、ひたいに置かれたお母さんの手のひらを思い出します。

冬休みに冬眠したい　でも雪が降ったら起こしてね

ふでばこ

林　聖太《しょうた》（栃木・小6）

えんぴつにはかぞくがいる
大きな家に
あ…一人出かけた
何分かして
頭がまるまって帰ってきた
そのあと
パーマに行ってかっこよくなった

鉛筆けずりが美容院というわけですね。なかなか味のあるたとえです。

くものかいじゅう

半田　香穂理《かほり》（長野・小2）

きょう　わたしは　空にうかんで
いるくものかいじゅうを
みました
そのくものかいじゅうが　なんと
あんぱんを手にとって口の中に入
れていました
わたしは　いいなあ　わたしも
くものあんぱん　たべたいなあと
思いました
とてもおいしそうでした

詩もすてきだけど、原稿用紙の字が、
とてもしっかりしていて感心しました。

あかちゃん

池田　信幸（埼玉・5歳）

あかちゃんはね
いたずらで
できているんだよ

あかちゃんを、ずばり素手でつかんだ表現です。

ちらしずし

吉田　芽以《めい》（千葉・4歳）

うっわぁ　すごい
ごはんの　おはなばたけだー

チョウチョウが、間違って飛んできたりして。

おとなの詩

朱谷　まどか（千葉・小2）

おとなの詩ってないの？
おとなはまじめなことしか
言わないから？

大人の詩もいっぱいあって、中には楽しい詩もありますよ。まじめな作品だけが詩ではありません。

山

塙《はなわ》　奈《な》つ紀《き》（茨城・小2）

毎日にこにこしてる
よろこんで
いるのかな
みんなが
見ててうれしいのかな？
ふじさん も　ぜんぶ山も
毎日にこにこわらってる

春の山の、のどかなさまを言う「山笑う」という言葉を思い出しました。とてもいい詩です。

シンデレラ

平本　佳大《よしひろ》（岩手・6歳）

（妹のエリカのスカートを見て）
ママ
エリカってシンデレラみたい
（ママがスカートつくったの
そんなにかわいい？）
まほうつかいにあうまえの
シンデレラのことをいったんだよ

6歳で、もうこんな皮肉が言えるんだから、すごい！

おてんき

篠原　麻衣（北海道・6歳）

むかしって　おてんきのひが
なかったの？
だって　しゃしんが　しろと
くろい　いろだったから

むかし日本は戦争をしていました。黒と白だけの世界のようでした。終わってカラーになりました。

冬休みに冬眠したい　でも雪が降ったら起こしてね

おくち

小代《おだい》　涼《りょう》（群馬・4歳）

なんで　おくちはあるの？
（食べられるように
　お話できるように）
あと
わらえるように？

「笑えるために口がある」に感動しました。

産む、産まない

小林　真子（栃木・小２）
明日香（同・５歳）

明日香（妹）
けっこんしたら　みんな
あかちゃんをうむんだよね
真子（姉）
うまないひともいるよ
ももたろうのおばあちゃん

なるほど、そこまでは気がつかなかった。

冬休みに冬眠したい　でも雪が降ったら起こしてね

空とけっこん

上村　拓也（神奈川・4歳）

そらとけっこんしたいんだ
（どうして？）
わらったり　おこったりして
かわいいんだもの

空がうれし涙雨を降らすのではないでしょうか。それにしても希望がケタはずれで、すごいなあ。

すごい

鹿田　知暉《ともき》（長野・小1）

知ちゃんすごい　こんな
むずかしいの　よく早くできたね
えらい　えらい（先生）

うん　おれんちのばあちゃんも
知暉もまんざらばかじゃねえって
じいちゃんと話してたよ

「まんざらばかじゃない」ところを、
知ちゃんは受けついでいるのだ！

電車とおはなし

関口　華子（群馬・4歳）

「せきぐち　はなこです」
（どうしたの？）
いまね　でんしゃがね
「だれっかな　だれっかな？」って
きいていったんだもの

踏切で、通り過ぎる電車がそう言ったと、華子ちゃんには聞こえたのです。

人間なんて変
命がなくちゃ
生きていられない

夢

山田恵未《めぐみ》（宮城・中2）

まだまだ　ボヤッとしてて
まだまだ　よくわかんなくて
まだまだ　ぜんぜんとどかない
山や海があるみたい
怪獣だっているかもしれない
だけどなにか分からない
でも
いつかきっと　みつけてみせる
いつかきっと
たどりついてみせる
だから　絶対つかんでみせる

将来の夢を、今は手探りしている少女。いつかきっとつかんで高々と掲げる日が来るでしょう。

冷やし中か

安田　絹（福島・小5）

今日のメニューは　冷やし中か
めんをゆでるのは私の役目
このゆで方がけっこう難しい
早すぎると硬いし
おそすぎるとやわらかい
夏の台所はさばくのよう
立っているだけで汗が出る
はしで一本とってみた
フーフーさましてツルッと
食べた　いいかもしれない
この冷やし中か

この詩のできも、とてもいい！

ひとりごと

熊倉　友利恵（新潟・小3）

大きくなったら
お花屋さんになるの
それで死んだら
天国でもお花屋さんをやって
一日一回は神様が
「お花下さい」って買いにくるの

神様もお花が大好きでいらっしゃるのですね。

サンタさんへ

紺野　美穂（福島・小5）

テレビに映し出された子ども達
みんなエイズにかかっている
生まれた時からエイズだった子
もうずっとねたきりの子
顔にいっぱい　いぼのある子
ほとんどの子ども達は
病室から出れない
サンタさん
今年私はプレゼントを

がまんします
そのかわり
エイズの子ども達を治して下さい

わたしも思わず手を合わせました。神様のようなお医者さまがいらっしゃいますように！

雪のまいご

中田　有希（福岡・小4）

雪はいつも
まいごになりながら
ふってくる
右へ行ったり
左へ行ったり
だれかをさがしているみたい
そっと手にのせてみると
ほっとしたみたいで
しずかにとけていった

雪が降る様子を「まいご」に重ねたので、すぐれた詩になりました。

うそ

内藤　健志《つよし》（山梨・小5）

「あしたの用意したの」
「したよ」
ドキドキ
心臓が
ドックンドックン
鳴っている
ばれなかったかな

うそをついたのだけれど、それを詩にしてしまったのがすごい。

カメラ

市吉　久美（福岡・小6）

景色や人は
そこらへんのカメラで
写せるけど
心の中の感動したことは
写せない
でも私は自分の
心の中で心のカメラのシャッター
をおしている

そして心の中に
そっとしまっておく

久美さんの心のアルバムはいつまでも色あせしないでしょう。

かみさまって

林　美菜（神奈川・小3）

かみさまは　わるい子でも　ゆる
してあげなさいとかいうけど　わ
るい子に　いじわるされても　な
にもしてくれないんだよ　わるい
子に　ばつをあたえてくれないし
やさしい子を　たすけてもくれな
い　いつもいつもだまってるだけ
かみさまって　いがいと　やっつ
けしごとだよね

詩を読んで、そうだとうなずきたくなるようなこどもをめぐる環境があります。でも神様は長い目で見て罰を与えると思います。

ムダ

須田　海美《ひろみ》（東京・小6）

シールたくさんあつめた
だけど使う時がない
えんぴつたくさんもらった
シャーペンがあるから使わない
ケシゴムかわいいから買った
だけど遊ぶだけで使わない
マンガ本おもしろそうだから買う
でも一回読んだらつまらないから
もうよまない
みんな　もったいない

読んで、とても考えさせられました。

けん玉

久保　仁《み》豊《ほ》子《こ》（北海道・小3）

けん玉がわらった
けん玉が
いきなり目をあけた
けん玉がにこにこわらった
けん玉がとんで
小ざらの上にのった
けん玉が
わらいながら
いつのまにか
おどっていた

けん玉自身のいのちが息づいています。

予言

新井　佳津実（埼玉・小5）

知ってる　お母さん
ノストラダムスの予言
全員死ぬんだよ
隕石《いんせき》が三つ落ちてきてね
でも　私
自分の意志で大人になりたい
子どもの顔も見たい
どんな仕事してるかも知りたい
絶対に

激しい祈りに打たれます。私たちの未来は、予言でなく、私たちの力で切り開いていきましょう。

ギプスがとれたぞ

細田　将吾（山口・小4）

1カ月ギプスをし
「ヤッホー」
とさけんだら
手が
まほうのように
動き出す
手につばさを
つけ
飛べそうだよ

ギプスがとれておめでとう！　終わりの3行が感動的です。

ゆかた

三好　浩子（山口・小6）

私は今年　ひさしぶりに
ゆかたを着る
もう何年も着ていないので
楽しみだ
あまりパッとしないゆかただけど
おさがりだから　しかたない
ゆかたが着られるだけでも
私はうれしい

だれかに見られてほしい　そして
「きれいだね」といわれたいなぁ

必ず、絶対に、きっと、「きれいだね」といわれます。

発見したこと

佐藤　桃子（神奈川・小2）

人はみんな
きょうだいだと思うよ
家はちがうけど
きょうだいだと思うよ
だって
人と人から人が生まれて
またその人が大きくなって
人が生まれて
みんなつながっているでしょう
そう思わない？　おかあさん

あなたの両親、祖父母、というふうに25代さかのぼると、いのちの総計は6700万人を超えます。

百円玉

桜井　美穂（茨城・小5）

ふと見ると
私の生まれた年にできた百円玉
だった
私はこの十一年間
いろんなことがあった
泣いたり笑ったり
おこったり歯をくいしばったり
この百円玉も
十一年の間に
いろんなことがあったんだろうね

読む人によって、それぞれさまざまな思いを味わう詩です。

歴史

丸山　ひろみ（神奈川・小6）

縄文時代も歴史だし
江戸時代も歴史だし
私にとっては明治時代も歴史
だけど50年100年たった時
今現在も歴史になっている
悪い歴史じゃ自まんできないから
じまんできる歴史を
今から作り出そうよ

感動しました。

あした

斎藤　育子（東京・小2）

今日は　いったい
どこへいくんだろう
あしたはどこからくるのかな
ビルより　山より　空より
高いところに行くと
あしたはみえるんだろうか

低いところばかりを見ていたのでは、あしたという日は見えないのだとうなずきました。

一秒の世界

西浜　智子（茨城・小6）

ふと右を向くと
人がおもしろくて笑ってる
左を向くと
人がころんで泣いている
上を向けば
鳥たちがさえずり
下を向けば
ありがせっせと働いてる
その一秒一秒が世界を作る

いま生きている世界の一瞬を、言葉
であざやかに切り取っています。

人間

福田　優子（群馬・小4）

人間てへんだよね
だって人間て
命がなくちゃ
いきていられないんでしょ
やっぱり人間てへんだよね

人間なんて変　命がなくちゃ生きていられない

ドキッとしました。そうか、なるほど、雲も風も川も海も命がなくても生きているものね！

感動

西浜　智子（茨城・中1）

心の奥底から
いっきに〝ガァッ〟と何かが
こみあげてくる
急に目のうらが
熱くなる
先が見えなくなるほど
周りがにじんで見えてくる
ほほに流れ行くものは
すなおな心の言葉

みなさんの詩を読んでいて、感動することがあります。この詩のとおりです。

お日さま

橋本　今日子（東京・小2）

お日さまってくもによわいね
くもがくるとかくれちゃうよ
でもひかりはだれよりも
すごーくすごーくつよいね
そこがお日さまのいいところ
みんなお日さまを
ありがたいとおもっているよね
わたしもいつもそうおもってるよ
お日さまほんとにありがとう

お日さまを尊び敬い手を合わせた先祖の人たちの心が、今日子ちゃんに受け継がれています。

世界

深川《ふかがわ》 朝美《あさみ》（神奈川・小6）

宇宙は広い
その中の地球
その中の日本
その中に私がいる
とっても小さいけれど
私たちは生きている
大きくてすばらしい物は
小さいちっぽけな物が
集まってできている

終わりの3行の、なんというすばらしさ！

ドア

舟木　友里花（神奈川・小4）

どこかの国と国をむすぶ
目にはみえないドアを開けると
すぐに　なかよく
平和になるといいのに
人と人をむすぶ
心のドアを
次々と開けて
わたしは　友達を
いっぱいつくりたい

ドアは閉めるためよりも、開けるためにあると、今日からわたしは考えることにしました。

こいのぼり

出口　恵（愛知・小6）

こいのぼりは
夜になると
こわい
だって
バサバサ
いっておよいでいるんだもん

出口さんだけがつかまえた、こいのぼりの正体の一面です。

あついよる

服部　智大《ともひろ》（福岡・小1）

きょうのよるは　とてもあつい
ねむれないなあ
すると　おかあさんが
とうの　マットを
しいてくれた
ぼくは　なんだか
ざるそばになった　きぶんだった
ひんやりしていた

「ざるそば」がこの詩の味を高めています。

根性

油布《ゆふ》 望美《のぞみ》（佐賀・小6）

大根 人参《にんじん》 里イモ
お盆に帰った時
おばあちゃんに
食べろ食べろと言われた
全部土がついてる
根だった
根のつく心
根性
大事なことに
今気づいた

大地に根をおろした生き方をしたい、と思います。

徒競走

右田　征史《まさふみ》（東京・小5）

どんなに足のおそい子でも
一等になったことあるよね
だって精子のとき
いちばんに卵に着いて
生まれてきたんだから

ほんとうに奇跡みたいに一等賞になったのだものね。

生きているだけですごい

冨高　郁子（神奈川・中3）

生きているだけですごいと思った
あのお爺《じぃ》さんも　隣のお婆《ばぁ》さんも
もう何十年も生きていて　私には
考えただけでめまいがしそうな
長い時を　生きてきた
何十年も生きている人達が
それだけですごく思えて　だけど
それってすごい事なんだって
私は考えた　はたして
私はすごくなれるだろうか？

人間に対する根源的な認識です。

たいけん

浦野　友香《ゆか》（神奈川・小2）

歩いて　えきへ行った
はじめて一人で切ぷを
買った時の気もちは
大人になって　会社へ行く
人たちみたいだった
だけど　子どものボタンを
おしたから　子どもの気もちに
かわっちゃった

こういう、ほほえみを誘う詩を読むと、作者に「ありがとう」と言いたくなります。

めがねをはずしたら

川崎　友美《ゆみ》（神奈川・小4）

わたしは
二年生から　めがねをかけ始めた
めがねをかけると
たぶん
みんなと同じに見えている
けれど　めがねをはずしたら
みんなには味わえない
ぼやけて　なんとなくいい世界

わたしだけの特別な世界を
ときどき楽しみながら遊んでる

マイナスをむしろプラスに、それも無理にではなく受け止めているところに感動しました。

カレンダー

滝内　翔太（福岡・小5）

カレンダーを見ていると
いろんなことを思い出す
このときは
あんな一日
このときは
サヨナラ負けで涙を流した
この一年間らんぼうに破ったけど
一年間もってありがとう

ついに　次のカレンダーは
二千年

なんでもないカレンダーが、不意に、とても新鮮に感じられました。詩の力です。

小さくなったくつ

山岸　由香莉（神奈川・小5）

2、3回しかはいていないくつ
だれかのけっこん式にはいただけ
黒いくつに　黒のリボン
わたしの大好きなくつ
はけないけど
ちゃんと　とってある
お母さんの足もぬいてしまった足
わたしの足　せいちょうしすぎ

げた箱から、心の中へ移された靴。
ちょっとジンとなりました。

人間なんて変　命がなくちゃ生きていられない

頭の中の辞典

横川　彩貴（神奈川・小4）

何か
問題があったら
私は　まっ先に
頭の中の辞典を使う
漢字　計算　お手伝いの仕方など
これまでに習ったことを
引いて調べ　考える
まだまだ白いページの方が多い

私の辞典
大人になる未来が　楽しみ

おじいさんのわたしにも、まだ白いページがあるのだと思いました。

しゅんかん

佐久間　聖人《きよと》（茨城・小2）

ぼくは
いろいろなしゅんかんを
見てみたい
トマトのめが出るしゅんかん
ひよこが生まれてくるしゅんかん
子どもがおとなになる
しゅんかんが
見たいです

ともだちを見るということは、成長しつつある瞬間瞬間を見ていることにもなりますね。

人間なんて変　命がなくちゃ生きていられない

ひとりごと

吉原　大二郎（長野・小5）

そんな事で　死んじゃだめだよ
虫で生まれて
きたかもしれないのに
神様が　人間に
してくれたのにね

何回も読み返したい詩です。

夏休みの思い出

塚本　真子《まこ》（神奈川・小2）

うれしかったこといっぱい
楽しかったこといっぱい
おもしろかったこといっぱい
たくさんの思い出をつめて
家に帰ります
でも　ちっともおもたくない
だって心の中だもの

まるで宝石ですね。軽くて、大事で、光っています。

もしも

谷津　沙夏《さやか》（茨城・中3）

もしもわたしが海ならば
ちいさな子供が遊ぶときには
ちいさな波をつくり
誰かが泣いているときには
その涙を受け止めたい
けれど
わたしは私でしかないけれど
そんなふうに誰かを支えたい
何気ない自然のなかに紛れながら

美しく、清らかな情をたたえた出来ばえに感心しました。

いただきます

高橋　亮子（東京・小2）

いただきますって
たいせつだね
だって
いただきますって言わないと
おいしくないんだもん
ごちそうさまも　たいせつだね
だって
ごちそうさまって言うと
あとからジュワッとあじがするよ
ことばってまほうだね

「いただきます」「ごちそうさま」は日本語の宝物です。英語にはありません。

自分

阿部　祐子（神奈川・小3）

だれよりも
自分を知っているから
信じてあげよう
自分の事を　わかってあげよう
自分の事を　愛してあげよう
自分の事を

自分のなかに、まだ自分が知らない力や知恵があるかもしれませんよ。期待しましょう。

20世紀さんと21世紀さんの詩

北野　祐子（東京・小5）

20世紀さんと21世紀さんが
お話ししている
なに話しているのかな
きいてみよう
「まかしたよ」
「うん。心配しないで」
って話しているんだよね　きっと

21世紀さんは、北野さんたちを信用しているのだと思いました。

みんな

萬代《まんだい》　早紀（東京・小3）

人はみんな顔がちがう
人はみんなおこる
人はみんななく
人はみんなねる
みんなでいっしょにわらおうよ
声を出してわらおうさあすぐに

心からの呼びかけです。みんなで一緒に笑おう！

ドアをあけて

百瀬　彩香《あやか》（神奈川・5歳）

おかあさん
ふゆのかぜじゃないよ
はるのかぜだよ
はやくいこうよ

彩香ちゃんの、この言葉そのものが
春の風のようです。

田植えのきかい

岡芹《おかぜり》　広大《こうだい》（埼玉・小4）

あっ　ねこの手
着地　成功
ガンバレ　ガンバレ
ねこの手
田んぼの中で　バタフライ

田植え機の動きが、「ねこの手」「バタフライ」という言葉で生き生きと描かれています。

けっこん

岩崎　志帆（埼玉・4歳）

おかあさん
〝さ〟と〝き〟って
けっこんしちゃうかも

いつも見なれている〝さ〟と〝き〟が、突然新鮮に見えてきました。

せんぷうき

佐藤　謙太朗（千葉・2歳）

（首振り扇風機を見ながら）
ママ
せんぷうきさんが
なんか
さがしてるよ！

扇風機がにわかに生き生きと感じられます。

元気だよ

池上　喜久《よしひさ》（埼玉・小5）

木が動いているように見えた
ほかの人に見てもらった
動いてないよと言った
風がふいていないのに
元気だよ
とぼくにつたえてるのかなあ

その木が「池上くんには伝わった」と喜んでいます。

ワールド・トレード・センター

小川　智史（埼玉・小3）

おそろしいことがおこりました
でもぼくの心の中に
いまもビルは　たっています
だれにもこわすことは
できないぞ

みんなの心の中の「平和」を、だれもこわすことはできないぞ。

エレベーター

長洲　歩美（茨城・小4）

すこしの時間
旅行ができる
「ばったん」
人が入ってきたり
出たり
無料で
旅行ができる

「旅行ができる」という言い方が、すてきです。デパートに旅行しに行こう。

人間なんて変　命がなくちゃ生きていられない

初めての銭湯で

浜屋　茜（神奈川・小4）

初めて銭湯へ行った
おふろがこわれてしまった日曜日
大きめの板に「わ」という文字
「わ」と「板」で　湯がわいた
もう一つの板には　「ぬ」
湯をぬいたからお休みだそうです
シャレみたいでおもしろい

思わず♪いい湯だな……と口ずさみました。

初出　読売新聞（大阪本社管内を除く）一九九七年九月〜二〇〇一年十二月

作品の収録にあたり、作者・保護者の許可を得ましたが、一部にご連絡先不明の方があり、やむなく無承諾のまま収録したものがございます。お心当たりの方は、小社ラクレ編集部までお申し出ください。

中公新書ラクレ　41

あたまわるいけど学校《がっこう》がすき
こどもの詩《し》

2002年3月25日初版
2002年4月30日再版

川崎《かわさき》洋《ひろし》　編

発行者　中村　仁
発行所　中央公論新社
〒104-8320
東京都中央区京橋2-8-7
電話　販売部　03-3563-1431
　　　編集部　03-3563-3666
振替　00120-5-104508
URL http://www.chuko.co.jp/

本文印刷　三晃印刷
カバー印刷　大熊整美堂
製　本　小泉製本

定価はカバーに表示してあります。
落丁本・乱丁本はお手数ですが小社販売部宛にお送りください。送料小社負担にてお取り替えいたします。

ISBN4-12-150041-5　C1292

中公新書ラクレ刊行のことば

世界と日本は大きな地殻変動の中で21世紀を迎えました。時代や社会はどう移り変わるのか。人はどう思索し、行動するのか。答えが容易に見つからない問いは増えるばかりです。1962年、中公新書創刊にあたって、わたしたちは「事実のみの持つ無条件の説得力を発揮させること」を自らに課しました。今わたしたちは、中公新書の新しいシリーズ「中公新書ラクレ」において、この原点を再確認するとともに、時代が直面している課題に正面から答えます。「中公新書ラクレ」は小社が19世紀、20世紀という二つの世紀をまたいで培ってきた本づくりの伝統を基盤に、多様なジャーナリズムの手法と精神を触媒にして、より逞しい知を導く「鍵《ラ・クレ》」となるべく努力します。

2001年3月